AF293064

# Docteurs à la Foire

Ulrich Germania

Titre :
Docteurs à la Foire

Sous-titre :
Pas un roman médical, mais presque

Série :
Rencontres romantiques à la fête foraine

Note de l'IA :
Une histoire d'IA, imaginée et révisée par l'auteur.
Traduit de l'allemand vers le français par une IA.

Auteur :
Ulrich Germania (c) 2025

Verlag:
BoD · Books on Demand GmbH,
Überseering 33, 22297 Hamburg, bod@bod.de

Druck:
Libri Plureos GmbH,
Friedensallee 273, 22763 Hamburg

ISBN : 978-3-8192-0727-3

## Index



## Notes :

### Crédits photographiques :
Les images de la couverture et les illustrations du livre ont été générées par IA et modifiées à l'aide de programmes de manipulation de photos.

### IA et traduction :
Histoire de l'IA, initiée et révisée par l'auteur.
Celle-ci a été traduite de l'allemand vers le français par une IA. La traduction a été lue et éditée par une autre IA et approuvée par l'auteur.

### E-mail de l'auteur :
Ulrich.Germania@online.de

# La fête foraine

C'était une douce soirée d'été, le jour de l'ouverture d'une nouvelle fête foraine en ville, après une longue absence. Pendant deux semaines, la fête foraine enrichirait la ville de lumières multicolores, d'un océan de couleurs et de bruits. L'odeur de la barbe à papa et des amandes grillées flottait dans l'air, tandis que les rires joyeux des visiteurs emplissaient l'atmosphère. Partout, les manèges tournaient et se balançaient, des montagnes russes endiablées à la grande roue confortable qui offrait une vue magnifique sur toute la foire et une grande partie de la ville.

Les stands de vente kitsch étaient remplis de toutes sortes de bibelots et de souvenirs, allant des boules à neige scintillantes aux bijoux faits main.

Les enfants couraient d'un stand à l'autre, excités, les yeux brillants de joie et de curiosité.

Les stands de restauration rapide proposaient une multitude de délices, allant des saucisses salées aux crêpes sucrées, fraîchement préparées devant les visiteurs affamés.

Les adultes étaient assis dans les jardins à bière, savourant une boisson fraîche et écoutant la musique live qui résonnait sur une petite scène.

La foire était un lieu où les gens se rencontraient, riaient et oubliaient leurs soucis quotidiens le temps de leur visite.


C'est ici, au milieu de cette agitation, qu'une histoire d'amour devait commencer, une histoire qui survivrait à la foire.

# Infirmière Lina

Lina, une infirmière de 23 ans, se rendait en ville pour retrouver sa collègue de travail et meilleure amie Juliette dans un café chic. Elle était assise dans le tramway et regardait le paysage défiler lorsque celui-ci s'est soudainement arrêté juste devant le champ de foire. Spontanément, elle décida de descendre pour jeter un coup d'œil.

La vue des lumières colorées et l'atmosphère joyeuse l'ont immédiatement envoûtée. Elle pouvait sentir l'odeur de la barbe à papa et des amandes grillées, et entendre les rires des gens autour d'elle.

Enthousiaste, elle appela son amie Juliette pour lui proposer de se retrouver plutôt à la fête foraine. Juliette a immédiatement accepté et s'est mise en route.

Pendant ce temps, Lina flânait sur le site de la foire, se laissant porter par les impressions et profitant de l'ambiance insouciante.

# Dr. Jean

Jean, un médecin de 28 ans, travaillait sur le site de la foire au stand de premiers secours. Il était grand et athlétique, avec des cheveux courts brun foncé et un sourire amical qui inspirait confiance. Jean s'était porté volontaire pour travailler à la foire parce qu'il aimait aider les gens et voulait assurer la présence d'un médecin d'urgence, non pas dans un hôpital stérile, mais dans l'atmosphère joyeuse de la foire.

Son stand était bien visible, avec une grande croix rouge et une tente blanche où lui et sa petite équipe prodiguaient les premiers soins. Jean était toujours attentif et prêt à intervenir immédiatement en cas de blessure ou d'accident mineur. Il avait une attitude calme et rassurante qui donnait aux gens le sentiment d'être entre de bonnes mains. Bien qu'il fût très occupé, il prenait toujours un moment pour observer les visages joyeux des visiteurs de la foire et s'imprégner de leur énergie positive.

# Rencontre à la ferme des poneys

En attendant son amie Juliette, Lina se promenait tranquillement sur le terrain de la foire. Soudain, elle entendit le hennissement typique des chevaux. Curieuse, elle suivit le son et découvrit une petite zone où les enfants pouvaient faire des tours de poney. Les poneys trottaient tranquillement en cercle tandis que les enfants, assis sur leur dos, riaient et faisaient des signes de joie à leurs parents.

Juste au moment où Lina s'approchait pour observer la scène, cela arriva. Un petit enfant assis sur l'un des poneys perdit soudain l'équilibre. Lina vit l'enfant basculer en avant et finalement glisser du poney. Un cri d'effroi parcourut la foule lorsque l'enfant tomba sur le sol.

Lina sentit son cœur battre plus vite. Sans hésiter, elle se précipita sur le lieu de l'accident, tandis que les parents de l'enfant accouraient également.

"Je suis infirmière", expliqua Lina aux parents, tandis qu'elle s'agenouillait près de l'enfant en pleurs pour examiner s'il s'était blessé en tombant du poney.

L'enfant était en pleurs sur le sol et appelait sa maman. La mère ramassa l'enfant et le fit asseoir sur son bras, tandis que Lina disait à la mère : "Nous devrions vérifier si l'enfant ne s'est rien cassé en tombant."

La mère hocha la tête.

À ce moment-là, quelqu'un d'autre se précipita également pour aider. Il s'agissait de Jean, le médecin du service d'urgence de la foire.

"Bonjour, je suis le médecin du service des urgences", se présenta-t-il, et tout le monde le reconnut immédiatement : il portait un jean blanc, une chemise blanche et une veste blanche sur laquelle était brodée une croix rouge.

Jean regarda Lina, qui se tenait près de la mère et de l'enfant, l'air inquiet.

"Tout va bien, je m'en occupe", dit-il avec un sourire rassurant.

Lina acquiesça et recula d'un pas pour lui faire de la place, mais resta à proximité au cas où on aurait besoin d'elle.

D'une voix calme et avec un sang-froid professionnel, Jean prit en charge la situation. Il fit un signe de tête à Lina, puis dit à la mère de l'enfant :

"La dame a raison, nous devrions examiner l'enfant pour voir s'il n'est pas blessé."

La mère calma l'enfant en pleurs et Jean commença à l'examiner soigneusement pour voir s'il n'était pas blessé.

Lina observait avec fascination comment Jean agissait avec un mélange de compétence et de compassion. Elle savait qu'elle venait d'être témoin d'un moment particulier.

Tout en examinant l'enfant, Jean lui parla à voix basse et le rassura.

"On dirait que tu t'es juste fait quelques égratignures. Rien de grave, mais nous allons nous assurer que ton bobo guérisse rapidement."

L'enfant cessa de pleurer et regarda Jean avec de grands yeux pendant qu'il soignait délicatement les petites écorchures.

Lina pouvait voir à quel point Jean était habile et sensible, et elle était attirée par sa nature calme.

Lorsque Jean eut terminé, la mère remit l'enfant sur ses propres jambes et les parents remercièrent Jean d'une poignée de main.

"Prenez soin de vous", dit Jean en souriant avant de se tourner vers Lina.

"Je suis content que tu sois arrivée si vite", dit-il. "Au fait, je suis Jean, le médecin officiel des accidents à la foire, mais je travaille habituellement à l'hôpital universitaire."

"Lina", répondit-elle en souriant à son tour. "Je suis infirmière à l'hôpital municipal, je ne savais pas qu'il y avait un médecin à la foire. Alors je voulais m'assurer que tout allait bien pour l'enfant."

"Ahh, tu es infirmière ? Ça explique pourquoi tu es restée si calme", dit Jean en appréciant et en ajoutant :

"Il est toujours bon d'avoir quelqu'un avec des connaissances médicales à proximité pour les premiers soins en attendant l'arrivée d'un médecin."

Lina sentit ses joues rougir légèrement. "C'était impressionnant de te regarder. Tu t'es vraiment bien débrouillé."

Jean sourit.

"Merci. Ça fait plaisir de l'entendre. Peut-être que nous nous reverrons plus tard à la foire ?"

Lina hocha la tête. "Ça me ferait plaisir."

Ils se séparèrent avec un sourire, mais tous deux espéraient se revoir.

# Juliette et Lina

Lina se promenait à nouveau sur le terrain de la fête foraine quand son téléphone portable sonna soudain. Le nom "Juliette" s'affichait.

"Salut Lina, je suis aussi à la fête foraine maintenant. Où es-tu ? Où pouvons-nous nous retrouver ?"

"Le mieux est d'aller à la grande roue, il n'y en a qu'une et on ne peut pas la rater", suggéra Lina, et les deux filles se mirent en route pour la grande roue.

Avant même d'arriver à la grande roue, Lina repéra son amie Juliette dans la foule. Juliette lui fit un signe joyeux et se fraya un chemin à travers la foule jusqu'à ce qu'elle arrive enfin chez Lina.

"Hé, Lina ! Quelle idée folle de se retrouver à la fête foraine !" s'exclama Juliette en embrassant chaleureusement son amie.

Lina rayonnait de tout son visage.

"Juliette, tu ne vas pas croire ce qui vient de se passer ! J'ai rencontré quelqu'un et c'était tellement excitant !"

Elle ne pouvait pas se retenir d'être excitée et commença immédiatement à raconter l'histoire.

"Alors, je me rendais aux poneys quand j'ai vu un petit enfant tomber de son petit cheval. C'était tellement horrible ! J'ai tout de suite couru pour donner les premiers soins, mais quelqu'un d'autre est arrivé - un médecin qui s'appelle Jean. Il s'est si bien occupé de l'enfant, c'était vraiment impressionnant."

Juliette écouta attentivement et hocha la tête avec enthousiasme.

"Wow, on dirait que ça sort d'un film ! Et comment était ce Jean ?"

Lina sourit d'un air rêveur.

"Il était grand, beau et avait ce sourire amical qui inspire immédiatement confiance. Il était si calme et professionnel lorsqu'il s'occupait de l'enfant. Je l'ai regardé faire avec fascination."

Juliette ricana. "On dirait que tu es déjà tombée amoureuse. Et que s'est-il passé ensuite ?"

"Après avoir soigné l'enfant, il m'a remerciée pour les premiers soins et nous avons discuté quelques instants. Il m'a demandé si nous nous reverrions plus tard à la fête foraine. J'ai bien sûr dit oui", raconta Lina avec un grand sourire.

Juliette tapa dans ses mains.

"C'est fantastique ! C'est peut-être le début d'une relation. Je suis tellement impatiente de voir ce qui va se passer !"

Lina hocha la tête. "Moi aussi. Mais pour l'instant, profitons de la fête foraine et voyons ce que la soirée nous réserve."

Les deux amies se mirent en route pour explorer les différentes attractions de la fête foraine, tandis que Lina ne cessait de penser à sa rencontre avec Jean.

Juliette aussi pensait à l'histoire que Lina lui avait racontée et était intriguée. Elle voulait absolument savoir à quoi ressemblait Jean.

"Lina, je suis curieuse de voir à quoi ressemble ton Jean. Allons donc au stand d'aide en cas d'accident pour que je puisse le voir", proposa-t-elle.

Lina hésita un instant, puis hocha la tête :

"Bonne idée, Juliette. Allons-y. Peut-être qu'il est encore là."


Les deux amies se mirent en route à travers l'animation de la fête foraine. Elles passèrent devant les manèges et les stands de restauration rapide avant d'atteindre le stand de premiers secours. La grande croix rouge et la tente blanche ne passaient pas inaperçues.

En s'approchant, elles virent Jean en train de mettre un pansement sur le genou d'un petit garçon. Son attitude calme et professionnelle était immédiatement reconnaissable.

"Le voilà", murmura Lina avec excitation. "C'est Jean."

Juliette l'examina attentivement et hocha la tête en signe d'approbation. "Il a vraiment l'air bien, Lina. Et il a l'air de bien faire son travail aussi."

Lina sourit fièrement.

"Oui, c'est le cas. Je suis tellement contente de l'avoir rencontré."


Les deux amies observèrent Jean pendant un moment avant de se replonger dans le tumulte de la fête foraine.

Lina ne pouvait pas se défaire de l'impression que cette soirée était très spéciale et que son histoire avec Jean ne faisait que commencer.

# Accident avec bang

Lina et Juliette continuaient à se promener dans la fête foraine quand soudain, un grand bruit remplit l'air. Toutes deux se retournèrent, effrayées, et virent un petit manège pour enfants s'arrêter brusquement.

Un enfant assis sur le dos d'un éléphant en plastique était tombé de sa monture à cause du freinage brutal du manège et criait maintenant de douleur, ou parce qu'il était tellement effrayé.

Lina réagit instinctivement et se précipita sur le lieu de l'accident. Elle s'agenouilla à côté de l'enfant qui pleurait et commença à le calmer.

"Tout va bien se passer, je suis là pour t'aider", dit-elle doucement en examinant l'enfant pour voir s'il n'était pas blessé. Heureusement, il ne semblait avoir que quelques égratignures et bleus.

C'est à ce moment-là qu'apparut Jean, qui avait également entendu la détonation et le cri de l'enfant et qui s'était immédiatement mis en route.

Jean vit Lina, qui était déjà avec l'enfant, et sourit en signe d'approbation.

"Tu es encore plus rapide que moi", dit-il en plaisantant, alors qu'il s'agenouillait à côté d'elle.

"Je n'ai pas pu m'en empêcher", répondit Lina en souriant à son tour. "Il semblerait que l'enfant n'ait que quelques bleus, mais je voulais m'assurer que tout allait bien."

Jean hocha la tête et commença à examiner l'enfant également.

"Tu as fait du bon travail, Lina. Il ne semble rien s'être passé, à part quelques contusions, je ne constate rien non plus. Mais nous allons vérifier une nouvelle fois qu'il ne s'est pas foulé les chevilles ou les poignets."

Ensemble, ils s'occupèrent de l'enfant et rassurèrent les parents inquiets.

Après avoir examiné l'enfant et n'avoir trouvé aucune blessure, Lina et Jean se levèrent et se regardèrent.

"Tu es vraiment impressionnante, Lina", dit Jean. "C'est agréable de voir comment tu te soucies des autres."

Lina rougit légèrement.

"Merci, Jean. C'est aussi agréable d'avoir quelqu'un comme toi ici. Tu es un grand médecin."

Jean sourit. "Nous devrions peut-être nous revoir plus tard et bavarder un peu. J'aimerais en savoir plus sur toi."

Lina hocha la tête. "Ça me ferait plaisir. Quand est-ce que tu finis ta journée ?"

Jean regarda sa montre et répondit :

"Dans une heure, j'aurai fini de travailler. Et si nous nous retrouvions ensuite près de la grande scène ? Il y aura un groupe en direct et nous pourrons discuter un peu."

Lina sourit.

"Cela ressemble à un plan. Je m'en réjouis."

"À tout à l'heure", dit Jean en prenant congé d'un geste de la main.

# Au bord de la piste de danse

Lina et Juliette se promenèrent jusqu'à la grande scène, où le groupe live venait de revenir après une pause. Dès que la première chanson fut jouée, les gens se mirent à danser joyeusement au rythme de la musique.

Les deux amies profitaient de l'atmosphère joyeuse quand soudain, un ivrogne s'approcha d'elles. Il se balançait et balbutiait des mots incompréhensibles tout en essayant d'importuner Lina et Juliette.

Lina sentait son cœur battre plus vite. Elle essaya d'ignorer l'ivrogne et de se détourner de lui, mais il ne lâchait pas prise. Juliette s'est placée devant son amie pour la protéger, mais l'ivrogne devenait de plus en plus insistant.

La situation menaçait de dégénérer lorsque Jean apparut soudainement.

Jean venait de terminer sa journée de travail et se dirigeait vers la scène pour rencontrer Lina.

Lorsqu'il vit la scène, il n'hésita pas une seconde. Le regard déterminé, il se plaça devant Lina et Juliette pour protéger les filles.

"Laisse-les tranquilles", ordonna-t-il à l'homme d'une voix ferme.

L'ivrogne fixait Jean, les yeux rétrécis par la colère. Sans prévenir, il donna un coup de poing au visage de Jean. Le coup fut violent et Jean tituba d'un pas en arrière tandis que l'ivrogne disparaissait rapidement dans la foule.

Lina poussa un cri d'effroi et se précipita immédiatement vers Jean.

"Jean, ça va ?" demanda-t-elle avec inquiétude tout en examinant son visage. Une petite plaie se dessinait sur sa joue et semblait sur le point de saigner, mais Jean souriait courageusement.

Lina prit un mouchoir en papier et l'appliqua sur la blessure jusqu'à ce qu'elle soit sûre d'avoir empêché un éventuel saignement.

"Ça va aller, Lina", dit Jean pour la rassurer. "Ce qui est plus important, c'est que vous soyez tous les deux en sécurité."

Lina ressentit un mélange de soulagement et d'admiration pour Jean.

"Merci de nous avoir aidés", dit-elle doucement. "Tu es vraiment courageux."

Jean sourit et posa une main sur son épaule.

"Je ferais toujours la même chose, Lina. Passons maintenant une bonne soirée et profitons de la musique."


Ensemble, ils retournèrent sur scène, où le groupe était maintenant en pleine activité.

# Collègue Bernard

Malheureusement, la petite plaie sur la joue de Jean se mit à saigner et Lina s'inquiéta immédiatement.

"Jean, ta blessure saigne à nouveau. Allons au stand d'aide aux victimes d'accidents pour te faire soigner", dit-elle avec détermination.

Jean hocha la tête et sourit courageusement.

"Bonne idée, Lina. Je ne veux pas que ça s'aggrave."

Lina tendit un mouchoir en papier à Jean, qui l'appliqua sur sa joue. Ensemble, Lina, Jean et Juliette se rendirent au stand d'aide aux victimes d'accidents. En arrivant, ils virent que le collègue de Jean, Bernard, y travaillait maintenant.

Bernard était un secouriste expérimenté qui comprit tout de suite que quelque chose n'allait pas parce que Jean s'était mis un mouchoir sur le visage.

"Jean, que s'est-il passé ?" demanda Bernard, inquiet, en voyant la blessure qui saignait sur la joue de Jean.

"J'ai eu une petite altercation avec un ivrogne", expliqua Jean en haussant les épaules. "Ce n'est pas grave, mais il m'a frappé avec son poing."

Jean désigna Lina et dit :

"C'est Lina, une infirmière, elle a arrêté le premier saignement, mais maintenant la blessure saigne à nouveau."

Bernard acquiesça et conduisit Jean vers une chaise. "Assieds-toi, je m'en occupe."

Il commença immédiatement à nettoyer et à soigner la blessure, sous le regard inquiet de Lina et d'Juliette.


Comme Bernard voulait en savoir plus sur cette petite dispute, Juliette lui raconta en détail comment l'ivrogne l'avait harcelée jusqu'à ce que Jean intervienne.

"Jean a été très courageux", déclara Juliette en guise d'appréciation à la fin de son récit.

Jean sourit faiblement. "C'était la bonne chose à faire. Je voulais que l'ivrogne arrête de vous embêter, et c'est réussi."

Bernard travailla de manière routinière et concentrée. Il arrêta l'hémorragie grâce à des gestes bien rodés et à un médicament qui permettait d'arrêter les hémorragies.

"Cela devrait aller mieux maintenant et ne plus commencer à saigner", dit-il à Jean pour le rassurer, tout en appliquant un petit pansement sur sa joue.

"Prends bien soin de toi et évite de recevoir d'autres coups au visage", ajouta-t-il avec un clin d'œil.

Lina observa attentivement les soins et fut soulagée.

"Merci, Bernard. Je suis si contente que tu sois là et que tu aies pu aider."

Bernard sourit. "Pas de problème. C'est toujours bien d'avoir des amis qui veillent sur vous."

Soudain, Lina s'approcha de Jean et lui sourit.

"Dans un instant, ça guérira encore plus vite", dit-elle en déposant un doux baiser sur sa joue, juste à côté du pansement.

Jean sourit avec reconnaissance et sentit son cœur battre plus vite.

"Merci, Lina. C'était le meilleur remède", dit-il doucement.

Juliette, qui avait observé la scène, eut un large sourire.

"Vous êtes vraiment mignons ensemble", remarqua-t-elle en faisant un clin d'œil à Lina.

Lina rougit légèrement, mais ne put cacher son sourire.

"Retournons sur scène et profitons de la musique", suggéra-t-elle. "Je crois que nous avons encore une bonne soirée devant nous."

Ensemble, ils reprirent le chemin de la grande scène, où le groupe live battait son plein. La musique joyeuse et l'ambiance survoltée firent vite oublier les incidents précédents.


Malgré, ou plutôt à cause de l'incident, Lina et Jean sentirent que leur lien s'était renforcé. Ils savaient qu'ils pouvaient compter l'un sur l'autre en cas de problème.

# De nouveau à la musique live

Lina et Jean dansèrent sur la musique rock jouée par l'orchestre en direct. La musique joyeuse et l'ambiance festive leur firent oublier tout ce qui les entourait. Ils riaient, tournaient sur eux-mêmes au rythme de la musique et appréciaient leur proximité. Au fil des chansons, ils sentaient que leur lien se renforçait et qu'ils tombaient de plus en plus amoureux.

Juliette se tenait un peu à l'écart et observait son amie et Jean. Elle était heureuse pour Lina, mais ne pouvait s'empêcher de se sentir comme la troisième roue du carrosse. En les regardant, elle ne pouvait s'empêcher de penser à Bernard. Son attitude amicale et professionnelle lui avait laissé une impression durable.

Juliette soupira doucement et décida de profiter tout de même de la soirée, et peut-être qu'elle aussi aurait l'occasion de mieux connaître Bernard. Avec un sourire déterminé, elle se mit en route pour aller chercher une boisson, puis elle eut l'idée d'acheter deux boissons, une pour elle et une pour Bernard.

Lina et Jean remarquèrent l'absence d'Juliette et regardèrent brièvement autour d'eux.

"Où est passée Juliette ?" demanda Jean, inquiet.

"Je crois qu'elle voulait aller boire un verre", répondit Lina. "J'espère qu'elle ne se sent pas exclue."

Jean eut un sourire rassurant.

"Ne t'inquiète pas, Lina. Juliette est une femme forte. Et qui sait, peut-être rencontrera-t-elle quelqu'un de spécial ce soir."

Lina hocha la tête et sourit.

"Tu as raison. Profitons du moment."


Ensemble, ils continuèrent à danser alors que la musique les envoûtait et qu'ils profitaient pleinement de la soirée.

# Juliette chez Bernard

Juliette alla chercher deux boissons rafraîchissantes, un coca et une limonade, et se rendit au stand d'aide aux victimes d'accidents. Elle voulait tenir compagnie à Bernard pendant qu'il faisait son service de garde en tant que médecin urgentiste. Lorsqu'elle arriva, elle vit Bernard qui faisait une courte pause et s'assit sur une chaise.

"Salut Bernard", dit Juliette joyeusement en lui faisant signe de la main. "Je me suis dit que je passerais te tenir un peu compagnie."

Bernard sourit en la voyant.

"Bonjour Juliette, c'est une bonne surprise."

Juliette dit :

"Regarde, je viens d'acheter un coca et un soda. Qu'est-ce que tu veux boire ? Choisis-en un."

"Wow, merci. Je vais prendre le coca. Viens t'asseoir avec moi."

Juliette prit place, tendit le coca à Bernard et dit:

"J'espère que tu n'as pas trop de travail ce soir."

Bernard secoua la tête.

"Heureusement, c'était plutôt calme, à part quelques blessures mineures. C'est bien que tu viennes me voir. C'est toujours bien d'avoir quelqu'un à qui parler."

Ils discutaient de la fête foraine, de ce qu'ils avaient vécu et riaient des histoires drôles qu'ils pouvaient raconter. Juliette se sentait bien en compagnie de Bernard et se rendait compte qu'elle s'intéressait de plus en plus à lui.

Pendant qu'ils parlaient, Bernard remarqua à quel point Juliette était attentive et empathique. Il appréciait sa compagnie et était heureux d'avoir quelqu'un avec qui se confier. Le temps passa très vite et tous deux se rendirent compte qu'ils créaient un lien particulier entre eux.

# Lina et Jean

Pendant ce temps, sur la scène chez Lina et Jean. 20 minutes avant minuit, alors que la fin de la foire approchait, le groupe live arrêta soudainement la musique rock. Le chanteur s'approcha du micro et s'adressa aux invités :

"Les 20 dernières minutes, nous jouerons des chansons romantiques pour les amoureux", annonça-t-il.

Les gens ricanèrent, gênés, et l'atmosphère changea brusquement. Les lumières s'atténuèrent et les premiers sons doux d'une chanson romantique emplirent l'air.

Lina et Jean se regardèrent, un sourire sur leurs visages. Sans dire un mot, Jean prit la main de Lina et la rapprocha doucement de lui.

Ils se mirent à danser lentement, leurs mouvements en harmonie avec la musique. Le monde autour d'eux semblait disparaître et il n'y avait plus qu'eux deux.

Lina posa sa tête sur l'épaule de Jean et sentit son cœur battre plus vite. Jean la tenait fermement et savourait ce moment de proximité et de tendresse.

Les chansons romantiques créaient une atmosphère magique, et Lina et Jean avaient l'impression d'être les seules personnes au monde. Au fur et à mesure que les chansons étaient jouées, ils tombaient de plus en plus amoureux. C'était un moment inoubliable.

Lorsque les dernières notes de la musique romantique s'éteignirent, Lina et Jean se tenaient enlacés sur la piste de danse. Le monde autour d'eux semblait s'être arrêté et il n'y avait plus qu'eux deux. Les doux sons de la dernière chanson résonnaient encore dans leurs oreilles tandis qu'ils se regardaient profondément dans les yeux.

Lina sentait son cœur battre plus vite et elle pouvait sentir le souffle chaud de Jean sur sa peau. Ses mains étaient posées sur ses épaules tandis que ses bras la tenaient fermement. C'était un moment plein de magie et de tendresse, et elle savait que ce moment était très spécial.

Lentement, Jean se pencha vers elle et Lina ferma les yeux. Leurs lèvres se rencontrèrent dans un baiser doux et tendre qui exprimait tous les sentiments qu'ils éprouvaient l'un pour l'autre. C'était un baiser plein d'amour et d'affection qui arrêta le temps un instant.

Les gens autour d'eux semblaient disparaître et il ne restait plus que Lina et Jean, perdus dans ce moment magique.

Lorsqu'ils se séparèrent enfin, ils se regardèrent profondément dans les yeux et surent que ce baiser était le début d'un amour particulier.

Lina et Jean étaient assis enlacés sur les bancs de bière près de la scène. Les derniers visiteurs de la fête foraine commençaient à rentrer chez eux, mais ils ne pouvaient pas s'empêcher de s'enlacer et de s'embrasser.

La musique romantique avait créé une atmosphère magique et ils profitaient de chaque instant de proximité.

Les lumières de la fête foraine commençaient à s'estomper et les bruits des manèges s'éteignaient peu à peu. Mais pour Lina et Jean, le temps semblait s'être arrêté.

Ils se parlaient à voix basse, riaient et échangeaient des regards tendres. C'était comme si le monde autour d'eux n'existait plus.

# Fin de la foire

Entre-temps, Bernard avait fermé le stand de premiers secours et se dirigeait vers la scène avec Juliette. Juliette voulait retourner chez son amie Lina et espérait qu'elle était encore près de la scène.

Lorsqu'ils arrivèrent à la scène, ils virent Lina et Jean, assis enlacés sur les bancs de bière.

Bernard sourit et se tourna vers Juliette.

"On dirait qu'ils ont vraiment passé une bonne soirée", dit-il à voix basse.

Juliette hocha la tête et sourit également.

"Oui, ils l'ont fait. C'est beau de voir à quel point ils sont heureux."

Bernard et Juliette s'assirent sur un banc à proximité et les observèrent. Ils appréciaient l'atmosphère calme et la compagnie de l'autre. Bernard sentait qu'un lien particulier s'était également créé entre Juliette et lui, et il était curieux de voir où cela allait le mener.

Lina et Jean finirent par remarquer la présence
de Bernard et Juliette et leur firent signe.

"Venez-vous asseoir avec nous", s'exclama
joyeusement Jean.

Bernard et Juliette se levèrent et les
rejoignirent. Ensemble, ils passèrent les
dernières minutes de la fête foraine, riant et
échangeant des histoires.

Finalement, un homme de la sécurité arriva et
demanda gentiment aux deux couples de
quitter le site de la fête foraine, car celle-ci était
maintenant fermée.

Lina, Jean, Juliette et Bernard hochèrent la tête
en signe de compréhension et se dirigèrent vers
la sortie.

# Dans le bar latino

Jean proposa de conduire tout le monde au centre-ville avec sa voiture.

"Et si nous finissions la soirée dans un bar latino ? Je connais un endroit génial où un DJ joue de la salsa jusqu'à 5 heures du matin", suggéra-t-il.

Les autres acceptèrent avec enthousiasme et ils partirent ensemble vers le centre-ville. Pendant le trajet, ils rirent beaucoup et l'ambiance était à la fête.

Lorsqu'ils entrèrent dans le bar latino, ils furent accueillis par la musique rythmée et l'atmosphère animée.

Le bar était rempli de gens qui dansaient sur de la musique salsa sud-américaine et cubaine. L'ambiance joyeuse et caribéenne captiva immédiatement les quatre. Ils trouvèrent une table près de la piste de danse et commandèrent des boissons tout en profitant de l'atmosphère.

Jean demanda à Lina si elle savait danser la salsa, et elle répondit par l'affirmative. Les deux se réjouirent d'avoir retrouvé un point commun.

Lina et Jean se rendirent sur la piste de danse. Ils dansaient sur les rythmes chauds de la musique salsa, leurs mouvements en parfaite harmonie. C'était comme s'ils avaient déjà dansé la salsa ensemble à plusieurs reprises et ils en appréciaient chaque seconde.

Juliette et Bernard les observaient et souriaient.

"Ils ont l'air si heureux", dit Juliette doucement.

Bernard hocha la tête.

"Oui, c'est le cas. Et je suis heureux que nous puissions passer cette soirée ensemble."

Juliette sourit et prit la main de Bernard.

"Dansons aussi", suggéra-t-elle.

Bernard hésita un instant.

"Mais je ne sais pas danser la salsa", dit-il, et Juliette rit :

"Moi non plus, mais je veux danser."

Bernard rit et suivit Juliette sur la piste de danse. Ensemble, ils dansèrent de manière improvisée sur les sons entraînants de la salsa et sentirent leur lien se renforcer.

La nuit passa très vite et les quatre profitèrent de chaque instant dans le bar latino.

Vers la fin de la soirée, le DJ prit le micro et annonça :

"Dans 30 minutes, c'est la fin de la soirée, à partir de maintenant, je vais jouer de la rumba romantique pour les amoureux."

Les clients du bar latino eurent un rire gêné, mais ils étaient très heureux de voir que l'atmosphère de la soirée latino devenait maintenant plus intime et plus romantique. Les lumières furent tamisées et les premiers sons doux de la musique de rumba emplirent la pièce.

Bernard et Juliette étaient toujours sur la piste de danse. Bien qu'ils ne sachent pas tous deux danser la rumba, ils décidèrent de rester simplement au rythme de la musique et de profiter du moment.

Ils se déplaçaient lentement et prudemment, leurs regards fermement enlacés.

La musique créait une atmosphère magique et ils sentaient leurs cœurs battre au même rythme.

Pendant qu'ils dansaient, ils se rapprochaient de plus en plus. Bernard posa doucement ses mains sur les hanches d'Juliette, et elle passa ses bras autour de son cou. Leurs mouvements devinrent plus synchronisés et ils eurent l'impression d'avoir toujours dansé ensemble. Le monde autour d'eux semblait disparaître et il n'y avait plus qu'eux deux.

La musique romantique et la proximité de l'un à l'autre rendirent leurs sentiments l'un pour l'autre de plus en plus forts. Finalement, alors qu'une chanson particulièrement émouvante retentissait, ils se regardèrent profondément dans les yeux.

Sans dire un mot, Bernard se pencha lentement vers Juliette, qui ferma les yeux. Leurs lèvres se rencontrèrent dans un baiser doux et tendre qui exprimait tous les sentiments accumulés aujourd'hui qu'ils ressentaient l'un pour l'autre.

C'était un baiser plein d'amour et d'affection qui arrêta le temps pendant un moment. Le monde autour d'eux disparut et il n'y eut plus que Bernard et Juliette, perdus dans cet instant magique.

Lorsqu'ils se séparèrent enfin, ils se regardèrent profondément dans les yeux et surent que ce baiser était le début d'un amour très spécial.

À la fin de la soirée, il n'y avait plus que des couples qui s'embrassaient sur la piste de danse. La musique romantique de la rumba emplissait la salle et l'atmosphère était pleine d'amour et de tendresse.

Bernard et Juliette se tenaient fermement enlacés et profitaient des dernières minutes de musique, tandis que Lina et Jean dansaient également enlacés et se donnaient de tendres baisers à plusieurs reprises.

Lorsque la musique s'arrêta et que les dernières notes s'évanouirent, les deux couples étaient toujours assis à la table et savouraient leurs boissons. L'atmosphère était détendue et pleine d'affection, tandis qu'ils discutaient à voix basse en pensant à cette soirée magique.

Le videur finit par s'approcher d'eux et leur demanda gentiment de quitter l'établissement, car il était maintenant fermé.

Rapidement, les quatre échangèrent leurs numéros de téléphone pour rester en contact. Lina sortit son téléphone portable et créa un groupe WhatsApp appelé "Foire".

"Comme ça, nous pourrons tous rester en contact et nous revoir", dit-elle en riant, tout en invitant les autres à rejoindre le groupe.

Soudain, Juliette dit :

"Vous savez pourquoi cette soirée était très spéciale ? Parce que deux infirmières et deux médecins ne se sont pas rencontrés à l'hôpital, mais à la fête foraine !"

Tout le monde rit et Bernard fit remarquer :

"Quelle chance, sinon notre histoire serait la matière d'un roman médical ringard !"


Ce qui fit rire tout le monde si fort que le videur revint à la table pour leur rappeler qu'ils devaient partir.

Jean proposa de ramener tout le monde à la maison. Les autres acceptèrent l'offre avec reconnaissance et ils se mirent en route vers le parking.

Jean raccompagna d'abord Juliette chez elle. Elle le remercia chaleureusement et prit congé de Bernard en l'embrassant.

"C'était une soirée merveilleuse. Je me réjouis déjà de notre prochaine rencontre", dit-elle avant de descendre de voiture.

Puis Jean raccompagna Bernard chez lui. Bernard le remercia également et lui dit au revoir avec une ferme poignée de main.

"Merci, Jean. J'ai passé une excellente soirée. À bientôt", dit-il avant de sortir de la voiture.

Finalement, Jean et Lina continuèrent à rouler ensemble. Les rues étaient calmes et ils appréciaient le silence et la proximité l'un de l'autre.

"Chez moi ou chez toi ?" demanda Jean, qui se moquait bien de la réponse de Lina.

# Plus de livres de l'auteur

Si tu as aimé cette histoire d'amour kitsch dans un parc d'attractions, tu aimeras certainement les autres nouvelles d'Ulrich Germania. Beaucoup d'histoires parlent de rencontres romantiques dans des endroits insolites.

Note de l'IA : Ce qui suit s'applique aux histoires du parc d'attractions : Ulrich Germania a imaginé les personnages et l'intrigue, l'IA a écrit les histoires, puis elles ont été révisées et améliorées.

**Foire des Cœurs**
Histoire d'amour kitsch dans un parc d'attractions.

**Docteurs à la Foire**
Ce n'est pas un roman médical, mais presque.
(ce livre)

**La déesse de l'Amour à la Foire**
Un parc d'attractions avec une touche mystique

Écrit sans l'aide de l'IA :
**D'abord la Vengeance, puis la Fiancée**
Histoire kitsch du Far West